forever Yours

BOOKS on DEMAND

Liebe ist der Wunsch etwas zu geben,
nicht etwas zu erhalten. (*Bertolt Brecht)*

Bekannte hat man viele,
echte Freunde sind schon seltener,
einen Seelenverwandten findet man
vielleicht nur einmal im Leben.
(aus Brigitte)

Seija Zeidler

forever Yours

oder
für immer und ewig
ist
zu lange,
aber die Liebe bleibt

*Bibliografische Information der Deutschen Nationalbibliothek:
Die Deutsche Nationalbibliothek verzeichnet diese Publikation in der
Deutschen Nationalbibliografie; detaillierte bibliografische Daten sind
im Internet über http://dnb.dnb.de abrufbar.*

© 2019 Seija Zeidler

Herstellung und Verlag: BoD – Books on Demand, Norderstedt

ISBN 9783748166412

Für G.

Danke

für die Zeit mit Dir,
für die Ehrlichkeit die zwischen uns war,
für Dein Vertrauen,
für Deine Fürsorge,
für Deine Hand,
 wann immer ich es brauchte
 für das Lachen mit Dir
 für Deine Liebe…

…und für die größte Enttäuschung in
 meinem Leben

Prolog:

Manchmal geschieht im Leben etwas Unvorhergesehenes, etwas Einmaliges, dessen Auswirkungen man oft erst viel später, manchmal nie, erkennt. Diese Auswirkungen können alle Lebenspläne über den Haufen werfen und viel Mut von uns verlangen, sie können aber auch endlich die Erfüllung, nach der man sich sein ganzes bisheriges Leben gesehnt hat, bringen. Oder am Ende eine Lektion fürs Leben.

Ich weiß, vieles, was ich hier erzählen werde, klingt unglaublich…hätte ich das nicht selbst erlebt, würde ich es auch nicht glauben.

Und doch ist alles so geschehen. Die Ereignisse aus der Vergangenheit sind in meinem Tagebuch, in Deinen Briefen und manchmal auch nur in meinen Gedichten festgehalten. Dennoch habe ich die wichtigsten nie vergessen. Und die neueren sind natürlich noch sehr frisch im Gedächtnis und im Herzen.

Das hier ist unsere Geschichte, Deine und meine.

Eine Geschichte über Seelenverwandtschaft, Freundschaft, über einen Menschen, der mein Ruhepol und Krafttankstelle war, und noch in diesem Jahr mein neuer Lebenspartner werden sollte und wollte.

Und der mich mehr verletzt hat als jemand anderer vorher.

Und das ist die Geschichte über eine Liebe, die, trotz vieler Jahre der Trennung, nie ganz weg war. Und die auch jetzt, nach der großen Enttäuschung durch Dich, immer noch allgegenwärtig ist.

.

Der Beginn

Alles fing im Mai 1980 an. Damals arbeitete ich das 2. Jahr im Krankenhaus Otterndorf und wohnte im Schwesternhaus. Durch unglückliche Geschehnisse war ich aus meiner Wohnung ausgezogen und konnte ein Zimmer im Schwesternhaus beziehen. Meinen Hund habe ich einige Kilometer entfernt, bei einem befreundeten Arzt aus dem Krankenhaus, in Haus am Deich, untergebracht. Dort verbrachte ich sehr viel Zeit. Zumindest am Anfang.

Ich hatte jedoch schon im Jahr davor Freundschaften in Cuxhaven geschlossen und wollte mit ihnen Zeit verbringen.

So ergab sich, dass ich in meiner freien Zeit auch viel in Cuxhaven war. Abends oft in der Disco. Im Club Hanseat, das nannten wir unter uns, weil wir uns dort wohl fühlten und auch aus Spaß „unser zweites zuhause".

Dort traf man seine Freunde und Bekannte, lernte aber auch viele neue Menschen kennen.

Cuxhaven hatte damals eine Kaserne und einige andere Bundeswehrausbildungsstätten, so dass die Soldaten in der Woche oft auch im Club waren. Ich habe viele von ihnen kennengelernt und habe mit ihnen schöne und lustige Zeiten verbracht. An einige kann ich mich gut erinnern, an einige nur schemenhaft.

Dank Internet kann ich auch wieder zu dem einen oder anderen Kontakt halten.

An einem dieser Wochentage, im Mai waren wieder „neue" Soldaten im Club. Einer gefiel mir, und er ließ sich auf einen Flirt mit mir ein. Ich muss gestehen, ich war nur auf etwas Spaß und Abwechslung aus.

Es lief mit meinem damaligen Freund nicht so gut, wir führten eine Fernbeziehung. Diese Beziehung ging allerdings auch schon langsam dem Ende zu, auch wenn bis zum endgültigen Schluss noch einige Jahre vergehen sollten. Ich wollte es damals nur nicht wahrhaben, lebte aber andererseits ein Singleleben.

Ich hoffte also mir, mit diesem Soldaten, für einige Tage oder Wochen, eine schöne Zeit machen zu können. Und zunächst schien er auch interessiert zu sein… dann habe ich mit seinem Freund, mit Dir, getanzt…das hat alles geändert! Vergessen war der begonnene Flirt.

Wie der Abend genau weiter ging weiß ich nicht mehr genau. Was ich weiß, ist dass wir zu dritt im Auto auf dem Weg zur Kaserne waren. Ich saß hinter Dir, neben Dir Dein Freund, der immer noch an dem Flirt festhielt, und ich hielt mit Dir Händchen auf der Fahrerseite. Und das fühlte sich verdammt gut an! Ich glaube, ich habe mich spätestens auf dieser Fahrt in Dich verliebt.

Uns blieb nicht viel Zeit, Ende des Monats war Dein Lehrgang zu Ende.

Wir haben versucht jede freie Minute miteinander zu verbringen. Es ging nicht nur um Sex, obwohl das natürlich ein Teil unseres Zusammenseins ausmachte, aber es war viel mehr.

Um die Nacht bei mir verbringen zu können, habe ich Dir, an den Wochentagen mein Auto geliehen, damit Du, immer dann, wenn du mit Deinem Freund zurück vom Wochenende kamst, morgens zurück in die Kaserne konntest. Dein Freund hat erst, als er meinen Wagen auf dem Kasernengelände entdeckte, begriffen, dass zwischen uns beiden „was lief".

Noch Wochen später konnte ich fast problemlos mit dem Wagen in die Kaserne fahren. Da der Wagen schon bekannt war, wurde ich oft Quasi „durchgewunken".

Wir haben manche Nacht mit Gesprächen, über Gott und die Welt, verbracht. Aber nie über unsere Gefühle gesprochen! Obwohl wir sonst sehr ehrlich zueinander waren. Ich wollte meine nicht äußern aus Angst zu viel zu sagen. Und Du…   Du warst verheiratet und hattest schon ein Kind! Da stand   für Dich auch zu viel auf dem Spiel.

Und vielleicht war es für uns damals gar nicht so bewusst. Auch wenn die Zeit kurz war, haben wir uns durch die Intensivität gut kennengelernt und stellten fest, dass uns sehr viel mehr verbindet.

Ich habe Dir damals blind vertraut, ja und habe es diesen Sommer wieder getan, bis Du mir gezeigt hast, dass man niemandem blind vertrauen sollte. Aber ich greife vor!

Mit meinem Auto von damals verbinde ich noch viele Geschichten. Wir sind damit an den Abenden unterwegs gewesen. Es war ein alter Audi 80, orangefarben. Es verbrauchte mehr Öl als Benzin und der Motorblock war nur noch auf einer Seite festgeschraubt. Aber es brachte uns überall hin! Und Händchen haltend, mit offenem Schiebedach und offenen Fenstern mit lauter Musik über die kleinen Schleichwege von Otterndorf über Wehldorf und Altenbruch nach Cuxhaven zu fahren, war schon was ganz Besonderes.

Jedes Mal, wenn ich die Musik aus dieser Zeit höre erinnert mich an diese Tage mit Dir.

In dieser ersten Zeit habe ich einige Gedichte geschrieben. Vor allem, als der Abschied da war, oder besser danach. Ich bin in ein sehr großes Loch gefallen und es war nicht einfach dort wieder rauszukommen.

Doch das Leben ging weiter. Wir haben uns zuerst noch geschrieben, ich postlagernd, Du direkt an meine Adresse. In diesen Briefen hast Du schon deutlicher über Deine Gefühle gesprochen…

Und ich bin auch einmal zu Besuch zu Dir gefahren, weil ich es vor Sehnsucht nicht aushielt.

Leider haben wir uns nur kurz geschrieben, irgendwann kam mein Brief zurück, weil Du ihn nicht rechtzeitig abgeholt hast.

Damit war für mich diese Geschichte zu Ende. Ich war traurig und verunsichert, stürzte mich aber, das muss ich ehrlichkeitshalber gestehen, ins nächste Abenteuer. Um dem Trennungsschmerz zu entgehen, um mit dem Wissen, dass es vorbei ist, fertig zu werden, um einfach zu leben und Spaß zu haben, wie all die anderen.

Und um diesen einen, der mein Herz berührt hatte, zu vergessen.

Das ist mir nicht gelungen, denn irgendwie bestand immer ein Kontakt zwischen uns.

Einige Wochen später bin ich in eine neue Wohnung gezogen. In einem meiner Briefe oder bei dem Besuch muss ich Dir die Adresse und die Telefonnummer mitgeteilt haben. Denn ich kann mich erinnern, dass irgendwann, wo es mir gerade nicht gut ging, das Telefon klingelte, und als erstes die Frage:

"Was ist los? Geht es Dir gut? kamen. Du erzähltest dann, dass Du ein dummes Gefühl gehabt hättest, dass Du Dir Sorgen gemacht hättest.

Und leider waren diese Gefühle berechtigt gewesen.

Solche Geschichten gab es immer wieder. Und sie gab es diesen Sommer auch wieder. Nur erklären kann ich sie mir nicht. Wir kannten uns damals ja gerade zwei Wochen, die wir miteinander verbracht hatten.

ein Jahr später 1981

Mein Leben lief in ruhigen, alten Bahnen. Es gab Sonnenschein und Regen, gute Tage und schlechte Tage. Es gab auch den einen oder anderen Mann in meinem Leben. Ich lernte neue Freunde kennen und verlor den Kontakt zu einigen alten Freunden.

Im Januar hatte ich einen schweren Autounfall, von dem mir eine feine Narbe im Gesicht geblieben ist.

Ich kämpfte immer noch mit dieser alten Fernbeziehung, und erlebte trotzdem einen schönen Sommeranfang mit meiner Freundin und einigen Soldaten. Und dann, eines Tages standst Du wieder vor der Tür! Ich weiss jetzt nicht mehr ob Du wirklich an meiner Tür standst oder, ob wir uns in der Disco wiedergesehen haben. Aber Du warst wieder da!

Es war als wärest Du nie weg gewesen. Natürlich waren wir wieder zusammen. Es war mir egal, wie lange diesmal, und was die Clique davon hielt. Meine Gefühle waren nun mal unverändert.

Das einzige was nicht so schön war, war, als Du mir erzähltest, dass Deine Frau kurz vor der Entbindung des zweiten Kindes stand. Und, dass Du dann zu ihr müsstest. Das würde ich doch verstehen!

Natürlich habe ich das verstanden, und ich hätte Dich dann auch weggeschickt…aber leicht fiel mir das nicht. Da ich aber Dir und Deiner Gefühle zu mir vertraute, konnte ich Dir nicht böse sein. Mir war nur klar, dass diese Zeit wahrscheinlich unsere letzte gemeinsame Zeit war.

Du bist drei Wochen geblieben. Diesmal fand der Lehrgang in Bremen statt.

Da ich in dieser Zeit wegen Knieproblemen krankgeschrieben war konnte ich Dir, wieder mal, mein Auto leihen, damit wir jede freie Minute füreinander hatten. Ich hatte den Audi inzwischen nicht mehr, sondern fuhr einen Saab. Meinen ersten Saab hatte im Januar bei dem Unfall verschrottet.

Diese drei Wochen waren wieder schön, und auch die Clique hat Dich akzeptiert, so dass wir auch mal zusammen was unternommen haben.

Die meiste Zeit jedoch gehörte uns beiden allein! Wieder mit vielen Gesprächen, Vertrauen und Ehrlichkeit und auch mit Zärtlichkeiten. Und ich konnte, wann immer ich wollte, Deine Hand halten.

Händchen halten ist so eine Marotte von mir, damals wie heute. Ich fühle mich dann sicher, komme zur Ruhe und fühle eine direkte Verbindung, sozusagen von Herz zu Herz.

Das hilft mir einzuschlafen und mich zu entspannen. Es gab in meinem Leben bisher (also bis heute) nur zwei Männer, die sich darauf eingelassen haben. Meine Fernbeziehung damals zur Anfang der Beziehung, und Du.

Dann kam die Meldung, das Kind ist da. Eine Tochter, und Du musstest weg. Das Loch war diesmal noch tiefer als im Jahr zuvor.

Zum einen, weil mein Gefühl mir sagte, dass wir uns für immer trennen. Und zum zweiten, weil diese Trennung „ohne Vorwarnung" kam. Quasi von jetzt auf gleich, ohne den „letzten Morgen" gehabt zu haben. Ohne, dass man die Chance hatte vielleicht doch noch zu sagen was man fühlt.

Ohne der Ruhe und Gespräche der „letzten Nacht", an die man sich später hätte klammern können.

Diese letzten Stunden waren dadurch von Angst, Traurigkeit und Trotz geprägt. Es blieb das Gefühl etwas Wichtiges nicht mehr gesagt zu haben. Es waren keine schönen Stunden.

Meine Tränen waren lange nicht besiegt, und das Loch, in dem ich saß, fühlte sich sehr groß und tief an. Ich empfand fast gleichzeitig eine heiße Sehnsucht nach Dir, und eine heftige Eifersucht auf Deine Frau.

Um nicht ständig an Dich und an diese ganzen verwirrenden Gefühle zu denken, fing ich an mich abzulenken. Ja, ich gebe zu, möglichst selten in meinem Bett geschlafen zu haben. Zu Hause war ich schon, ich hatte ja meinen Hund Peggy zu versorgen, aber in meinem Bett konnte ich nicht... es war so leer.... Zum Glück fand ich immer jemanden der Platz in seinem Bett hatte. Jetzt nicht gleich an Sex denken!

Einige Zeit bin ich auch in die Kaserne zum Schlafen gefahren. Ich hatte Nachtdienst und eine „Einquartierung" in meiner 1-Zimmer – Wohnung. Dadurch kam ich tagsüber nicht zur Ruhe. Einer der befreundeten Soldaten, ein Feldwebel, bot mir sein, tagsüber leeres, ruhiges Zimmer an. Dieses Angebot nahm ich gerne an, schließlich musste ich acht Nächte am Stück arbeiten und brauchte tagsüber meinen Schlaf.

Ich bin nicht stolz auf diese Zeit, doch ich konnte nicht anders mit meinem Schmerz umgehen...und zugeben, dass ich litt; nein das konnte ich nicht. Irgendwann wurde dieser Schmerz weniger, auch wenn die Sehnsucht noch lange blieb. Es war dann aber eher eine Sehnsucht nach jemand Vertrautes. Dadurch wurde mein Verhalten auch wieder normal.

Alleine blieb ich jedoch nie lange. Anfang des neuen Jahres stellte ich fest, dass ich schwanger war. Das war nicht schlimm, ich war inzwischen 28 Jahre alt, wollte ein Kind, vor allem seit ich im Mai Patin eines kleinen Mädchens geworden war, der Tochter meiner Freundin.

Es wurde also Zeit für mich ruhiger zu werden und mich auf das wichtige im Leben zu konzentrieren; auf das neue Leben in mir.

Aus diesem Grund bin ich im Sommer zurück nach Stade, wo auch meine Eltern lebten. Im Herbst kam dann meine Tochter zur Welt.

Von Dir hatte ich nichts mehr gehört, und ich hatte auch nicht allzu viel an Dich gedacht. Obwohl ich sicher bin, dass es irgendeinen Kontakt zwischen uns gegeben haben muss. Schließlich warst Du einmal mich besuchen, noch bevor ich mit meinem ersten Mann zusammenkam.

Und nicht nur das, mir ist als ob ich ein Jahr später, Dich und Deine Familie mit meinem Mann und Kind bei Dir zu Hause besucht habe.

Belegen kann ich dies nicht, es ist nur eine vage Erinnerung. Ich meine Du hast meinen Mann als „alten Bundeswehr-kameraden" vorgestellt, und für meinen Mann warst Du „mein guter alter, Freund", dessen Frau sehr eifersüchtig ist und wir deshalb meinen Mann als Kameraden vorgegeben haben.

Heute frage ich mich, wieso wir nicht spätestens damals zu unseren Gefühlen gestanden haben. Es wäre uns viel erspart geblieben.

3 Jahre später 1985

Meine Ehe lief nicht gut. Schon nach kurzer Zeit fing ich an mich zu fragen, ob ich nicht doch einen Fehler gemacht habe. Und im März 1985 ist der Schlussstrich gezogen worden. Trotz aller Probleme war das für mich überraschend, weil es nie ein Wort darüber gab. Eines Morgens sagte mein Mann, dass er jetzt auszieht.

Ich habe dann im Laufe des Frühjahrs Dich gebeten zu kommen. Also quasi SOS gesendet. Wie und auf welchen Weg, bzw. wie unser Kontakt damals war, das weiß ich heute nicht, aber es muss einen gegeben haben…denn schließlich bist Du gekommen! Und es war alles sofort wieder da. …Das Vertrauen, die Ehrlichkeit, das Gefühl zueinander, das wir immer noch nicht ausgesprochen hatten, und die Zärtlichkeit, mit der wir immer miteinander umgegangen sind.

Ich hatte meinen Ruhepol, meine Krafttankstelle und „meine Hand" wieder. Durch die vielen Gespräche die wir, neben allem anderen, geführt haben, fand ich wieder zu mir selbst und konnte auch bald wieder meine Gedanken und Gefühle aufschreiben. Es war nicht lange wo du hier warst, ich glaube zwei Wochenenden, aber es gab mir so viel, und hat Dich noch tiefer in meinem Herz verankert.

Das letzte Wochenende ging für den Umzug zurück nach Stade drauf. Ich war mit meinem Mann gerade im Jahr zuvor ins Alte Land gezogen. Aber auch im Umzugsstress fanden wir Zeit für uns.

Diesmal war das Loch Deinetwegen nicht sehr tief, wahrscheinlich weil ich so viele andere Sachen im Kopf hatte. Und dennoch hast Du mir sehr gefehlt und auch meine Tränen waren nicht leicht zu versiegen. Über all die Wünsche und Hoffnungen in dieser Zeit will ich gar nicht reden.

Aber in meinem Tagebuch habe ich Dir einen Brief, mit all diesen Gefühlen, geschrieben. Und irgendwann im Sommer habe ich Dir dann einen richtigen Brief geschrieben. Ich hatte von Dir Deine neue Adresse im Schwarzwald bekommen.

Dieser Brief hat Dich leider nie erreicht. Dafür aber rief Deine Frau an und erzählte, dass Du genug andere Sorgen hättest und ich Dich nicht mit meinen Belasten sollte. Ich würde das doch verstehen, wenn mir was an Dir läge.

Verstanden habe ich das schon, war aber sehr unglücklich drüber, denn mir war klar, dass meine Zeilen Dich nie erreichen würden. Und wahrscheinlich würde ich auch nie wieder etwas von Dir hören. Das machte mich schon sehr traurig.

Wie wenig vertraute ich damals unserer Verbindung! Denn heute ist diese immer noch da, nur viel stärker als früher. Doch ich greife wieder vor.

Wie das nun mal ist im Leben, an Liebeskummer stirbt man nicht. Auch mein Leben ging weiter, ich hatte ja schon Übung dran.

Im Laufe der nächsten Jahre, gab es eine Reihe von kurzen und längeren Beziehungen und Affären. Ich glaubte manches mal mein Herz verloren zu haben…dem war nicht so… ich hatte es ja schon vor langer Zeit an Dich verloren.

Und es gab auch das eine und andere Mal schlechte Erfahrungen, aber das Leben ist nun mal so.

Ich habe noch 2 Kinder bekommen, zwischendurch auch in der Schwangerschaft einen verloren. Bin mehrmals umgezogen, habe Arbeitsplätze gewechselt, und auf Grund von Erkrankung ganz aufgehört zu arbeiten, bzw. nur auf Minijobbasis. Habe auch zweimal wieder geheiratet.

Ich habe Weiterbildungen besucht, dabei auch viel Spaß und Freude gehabt, aber auch Stress. Ich habe Enkelkinder bekommen, und meine Eltern beerdigt.

Ich habe ein Gedichtband veröffentlicht, in dem viele Gedichte aus unserer gemeinsamen Zeit drin sind. Und ich habe nie ganz aufgehört an Dich zu denken!

die letzten Jahre

Anfang 2009 habe ich Dich wiedergefunden. Dank Internet! Auf einer dieser Community Seiten habe ich deinen Namen eingetippt und Dir eine kurze Nachricht zukommen lassen. Es war nicht ganz einfach zu formulieren, es war ja nicht sicher, dass es wirklich Du bist. Also musste ich etwas Unverfängliches schreiben.

Da fiel mir mein orangefarbener Audi ein. Den hättest Du nie vergessen, mich vielleicht schon. Meine Idee ging auf, und ich bekam eine Nachricht von Dir. Juhuu, der Kontakt war wiederhergestellt. Zumindest wusste ich jetzt, wie ich Dich erreichen kann.

Wir haben dann eine Zeitlang, einige Male in der Woche gechattet, telefoniert oder uns über SMS Nachrichten zukommen lassen. Es gab aber auch Zeiten, da haben wir uns höchstens durch FB kurze Kommentare geschrieben. Zum Beispiel immer dann, wenn Du hier in Norddeutschland warst und Dich bei mir NICHT gemeldet hast. Aber es gab immer die Möglichkeit den Kontakt zu intensivieren.

Dies geschah dann Ende letztes Jahr. Als Du die Trennung von deiner Frau durchgezogen hattest.

dieses Jahr

Ende letzten Jahres hat sich der Kontakt zwischen uns intensiviert. Erst nur kurze Nachrichten über FB Messenger, dann WhatsApp und telefonieren.

Es ging Dir nicht gut, und ich freute mich Dich etwas abzulenken und vielleicht auch aufmuntern zu können.

Dann hast Du mich im März besucht, 3 Tage hast du dafür geplant. Die habe ich mir freigehalten. Ich wollte so viel Zeit wie möglich mit Dir – und das ohne Hintergedanken – verbringen.

Zuerst war das etwas komisch, die ersten Momente unseres Wiedersehens waren ziemlich steif. Kein Wunder, es lagen ja 33 Jahre zwischen jetzt und dem letzten Treffen.

Ich hatte im Vorfeld etwas Angst vor unserer Begegnung; es stürmte so viel auf mich ein: Freude, Dich wiederzusehen, Angst vor den Gefühlen – sie waren ja nie ganz weg gewesen – und vor meinen Reaktionen auf Dich, Unsicherheit wie Du mich findest, ob Du mich noch magst, da ich mich äußerlich sehr geändert habe.

Und über allem die Frage: Werden wir uns noch verstehen?

Andererseits hatte ich mir, sicherheitshalber, selber eigene Spielregeln aufgestellt.

Wie ich später erfuhr, hast Du das gleiche für Dich getan.

Meine Unsicherheit und Ängste waren relativ schnell verflogen. Wir haben uns auf unserem Spaziergang durch die Stadt, und später an der Elbe durch Gespräche und viel Lachen, sehr schnell angenähert.

Spätestens beim Essen, bei meinem Lieblingsgriechen, war die alte Vertrautheit wieder da. Wir haben uns, die ganze Zeit, viel erzählt und sind dabei genauso ehrlich miteinander umgegangen wie früher. Es war als wären wir nie getrennt gewesen!

Bei diesen Gesprächen stellte sich heraus, dass unsere „Verbindung" die ganzen Jahre funktioniert hat, auch wenn uns das nicht bewusst war. In Zeiten wo es Dir in Deinen Leben emotional etwas schlechtes ereignete, ging es mir gesundheitlich nicht gut. Und andersherum war es auch oft so. Wenn es da keine Verbindung gab, wie soll ich es sonst verstehen?

Und dann kamen die ganzen Gefühle hoch, die ich nicht haben wollte. Ganz schlimm wurde es am zweiten Tag, als wir mit der S-Bahn aus Hamburg zurückfuhren.

Der Tag war so schön gewesen. Wir haben gemeinsam so viel gesehen, haben immer noch so viel zu erzählen gehabt, haben zusammen so viel, oft über gleiche Dinge, gelacht, haben beim Laufen zum gemeinsamen Rhythmus – keiner ging vor oder blieb zurück – gefunden...ich könnte noch weiter aufzählen, lass es aber, Du weißt schon was ich meine.

Also auf dem Weg zurück nach Hause war die Bahn voll und wir mussten im Gedränge stehen. Die Bahn ruckelte viel, und da wir ziemlich nah neben einander standen, wurde ich einmal heftig gegen Dich geschleudert.

Aus Reflex hast Du den Arm um meine Hüfte gelegt, wohl um mich vorm Fallen zu schützen, doch bei mir gab es einen „Stromschlag", so fühlte es sich an. Es war als wäre etwas miteinander gekoppelt worden, ja, als hätte man einen Stecker in die Steckdose gesteckt. Danach war dieser Kontakt „von Herz zu Herz" für mich wieder da. Dabei wollte ich das alles nicht! Und dennoch, hätte ich an diesem Tag am liebsten meine eigenen Spielregeln gebrochen. Es war pures Glück, dass ich Dich an diesem Abend meinem Mann – noch war ich verheiratet, wenn auch nicht glücklich- vorstellen wollte. So blieb mir Zeit, zumindest in Gedanken „Ich Will Nicht" auf meine Stirn zu schreiben.

Als Du mich dann später am Abend am Telefon fragtest, ob Du mich abholen sollst, hätte ich am liebsten ganz laut: „Ja, bitte sofort" gerufen. Doch mein Verstand verbot es mir. So habe ich mich nur auf den nächsten - unseren letzten – Tag gefreut.

Wir sind nach Cuxhaven gefahren und sind dort auf den Spuren unserer gemeinsamen Zeit gegangen. Zuerst die Kaserne, die jetzt leer steht.

Es kamen bei uns beiden viele Erinnerungen hoch, teils gemeinsame, teils eigene für jeden von uns. Wir konnten diese miteinander teilen, da wir schon immer über alles gesprochen haben.

So blieb das etwas Traurige Gefühl, beim Sehen des Verfalls der Kaserne, in Grenzen, und wir konnten den nächsten Punkt anfahren.

Das war die Stadt selbst, bzw. unsere Disco in der Stadt. Nachdem wir das Auto abgestellt haben, sind wir auf dem Weg dorthin jedoch zunächst in einem Eiscafé gelandet. Und das bei dem kalten, nassen Wetter.

Unsere Disco existiert nicht mehr, es ist ein anderes Tanzlokal drin. Aber allein das davorstehen brachte schon viele Erinnerungen, und dann ging es noch zu meiner alten Wohnung …auch hier wieder Bilder aus der Vergangenheit. Nicht nur schöne…. und viele Bilder, die schon vergessen waren kamen jetzt hoch. Wir haben uns über alle diese Bilder unterhalten und kamen uns immer näher – wenn noch näher überhaupt möglich war -, nicht körperlich, sondern auf diese bestimmte Art, die unsere Verbindung schon immer hatte.

Ich fing auch wieder an Deine Hand zu halten. Auch wenn auf meiner Stirn „Ich will nicht" stand, brauchte ich das Gefühl, des Verständnisses und des Vertrauens. Ich wollte wissen ob es mir immer noch diese Ruhe bringt.

Und es war alles da; ich fühlte mich angenommen und beschützt, auch eine Art Ruhe fühlte ich, obwohl in mir alles in Aufruhr war. Ich weiss, es klingt doof, aber es fühlte sich wie „nachhause kommen" an.

Ein kleines Problem blieb mir: Ich liebe, schon immer, Deine Stimme, und Dein leises Lachen, und jedes Mal, wenn Du leise lachst oder ich Deine Stimme höre, bekomme ich „Brausepulver" in meinem Bauch und ich sehe Dich vor mir, wie früher, nicht wie heute. Dabei bist Du in deiner Art, immer noch wie früher...ich habe nur Schwierigkeiten das alte und das neue miteinander zu kombinieren. Irgendwann bekomme ich das hin...

Auch der schönste Tag endet irgendwann, und langsam ging unserer dem Ende zu. Wir haben so viel erzählt und dennoch hätte ich noch so viel sagen und tun können...konnte es aber nicht. Ich bin fast fluchtartig aus dem Auto ausgestiegen. Es war nicht nett, aber ich wusste nicht wie ich mich verhalten sollte. In mir war alles durcheinander und in Aufruhr, ich vertraute mir selber nicht. Ich hoffte nur, dass Du mich auch jetzt verstehen würdest.

Wir schrieben uns seit dieser Zeit mehrmals täglich, es fing morgens mit einem „Guten Morgen" an und hörte abends mit einem Gute Nacht" auf. Dazwischen alles Mögliche, über den Tag, was wir gerade tun, wie wir uns fühlen usw. Und schon 2 Tage später fingen wir an zu telefonieren.

Immer dann, wenn es ging, aber vor allem abends. Ohne diesen abendlichen Anruf konnte ich nicht schlafen, und Du auch nicht. Dabei konnte es manchmal Stunden dauern bis wir aufgelegt haben.

Wir haben dann auch wieder über alles geredet, zusammen gelacht, manchmal auch nur geschwiegen, und stellten oft fest, dass wir genau das gleiche dachten und fühlten. Manchmal geschah es dann, dass uns wir gleichzeitig schrieben, oder einfach nur Bildchen schickten. Und es passierte auch, dass eine Frage kam, was los sei, immer dann, wenn gerade irgendwas wirklich nicht stimmte.

Halt genauso wie früher, dieses unbestimmte Gefühl, bei dem anderen stimmt was nicht, überkam uns beide. Ich kann dieses Gefühl nicht definieren oder beschreiben, ich bekam nur das Gefühl ich muss Dir was schreiben…und Dir ging es ähnlich.

Unsere „Herz-zu-Herz"- Verbindung funktionierte einwandfrei, seit dem Tag in der S-Bahn.

Und genau diese Gefühle, das alles wollte ich nicht, nicht so…

Und doch wollte ich das alles!! Ich wollte Dich, nur gesagt habe ich das nicht.

Noch etwas funktionierte jetzt auch, ich konnte wieder schreiben! Das fing schon an als Du hier warst. Jetzt bin ich froh, dass es geht, so konnte ich mir vieles von der Seele schreiben und sortieren, bevor ich es Dir sagte. Ja, auch dieses „sich lesen können" war da, und du beherrscht das sehr gut. Aber ich wollte Dir auch nichts verschweigen. Ja, auch das war wieder da, dieses blinde Vertrauen.

Im Mai hat es mich dann gepackt. Es wurde mir zu Hause alles zu viel.

Und ich wollte für mich wissen, was ist dran an allen diesen Gefühlen, und was möchte ich eigentlich? Welchen Preis wäre ich bereit, für etwas Glücklichsein, zu bezahlen? Was ist da eigentlich zwischen uns? Ich wusste, da ist etwas Großes, etwas auf das ich nicht mehr verzichten wollte. Ich wusste, dass Du mir sehr wichtig warst – schon von ersten Tag 1980 an – aber was das alles war, das war mir noch nicht ganz klar. Oder vielleicht doch, zumindest weiss ich das nachts, wenn ich allein bin, ganz genau.

Also bin ich am Freitag nach Vatertag, ich hatte zehn Tage frei, in die Bahn nach Stuttgart gestiegen. Ich hatte Dich natürlich vorab informiert.

Die Fahrt war eine Katastrophe, wenn auch durch Mitreisende sehr kurzweilig...abends, anderthalb Stunden später als geplant, war ich endlich da. Und Du hast mich von der Bahn abgeholt und in den Arm genommen...es hat sich gut angefühlt.

Und dennoch waren die ersten zwei Stunden irgendwie verkrampft. Du hast mich dann auch noch geschockt, als ich merkte, dass Du schon wieder meine Gedanken und Ängste „gelesen" hast.

Ich war noch immer im „Ich Will Nicht" – Modus, obwohl ich eigentlich schon wollte. Du hast mir die Entscheidung überlassen, und wahrscheinlich hast Du nicht damit gerechnet, aber ich wollte Deine Hand haben. Nur die Hand. Diesem Wunsch hast Du nachgegeben, und ich glaube nicht, dass es Dir schwergefallen ist.

Ich jedoch war im siebten Himmel, ich konnte die Hand halten, die Füße an Dir wärmen und fühlte mich sicher in Deinen Arm.

Der erste Kuss dann – auf den ich seit Deinem Besuch bei mir gewartet hatte - fiel anders aus, als von mir gedacht. Es fühlte sich gut und vertraut an. Es passte alles...nur an diesem Abend fehlte das Kribbeln, das ich sonst immer bei Deinem Kuss bekam. Auch am nächsten Tag war es so. Ich bekam Angst, dass unsere Verbindung bei so viel Nähe nicht funktioniert.

Ich versuchte mir selbst zu sagen, dass das nach so langer Zeit normal ist. Zumal ich nicht zu Dir gekommen war, um Sex zu haben. Ich hatte meine Spielregeln, kein Sex, solange ich nicht alles für mich geklärt hatte.

Und das war auch der eigentliche Grund für meine Fahrt zu Dir. Mir über meine Gefühle klar zu werden und zu entscheiden wie es für mich weitergeht, ohne irgendwo „verbrannte Erde" zu hinterlassen. Ich bin nun mal so, es muss alles fair bleiben. Für mich nicht immer einfach, aber sonst könnte ich mich selber nicht im Spiegel ansehen.

Es war alles sehr verwirrend. Einerseits fühlte es sich gut an zu wissen, dass man jemandem sehr wichtig ist, und auch das Gefühl begehrt zu werden war sehr schön. Andererseits hatte ich zu Hause einen ziemlich ahnungslosen Mann sitzen. Aber Dich oder den Kontakt zu Dir, wollte ich um keinen Preis verlieren.

Aus lauter Verzweiflung überlegte ich vielleicht doch eher als geplant nach Hause zu fahren. Das musste ich Dir dann nur noch sagen....

Am Abend hat sich gezeigt, dass ich unserer Verbindung wieder vertrauen lernen muss, so wie ich Dir vertraute.

Nach unserem Gespräch am Abend, war alles Verwirrende weg, und auch das Kribbeln war wieder da.

Nun fühlte ich mich wohler in meiner Haut, fing an mich zu entspannen und konnte, in kleinen Gesten, zeigen was ich für Dich fühle. Deine Gefühle für mich waren, auch wenn Du Dir Enthaltsamkeit verordnet hast, sehr deutlich wahrzunehmen.

Am letzten Tag war mir klar, dass ich auf Dich und das Leben mit Dir nie wieder verzichten will. Es ist alles wieder da! Ich werde durch Dich schwach, tanke aber durch Dich auch ganz viel Kraft und innere Ruhe, und ich kann Dir blind vertrauen. So was habe ich nur mit Dir erlebt.

Mir scheint, dass Du schon lange vor mir über meine Entscheidung Bescheid wusstest. Es war für Dich wohl keine Frage ob ich zu Dir ziehe, sondern eher nur wann.

Wie ich das zuhause kläre, blieb jetzt meine Sorge.

Einige Tage nach meinem Besuch bei Dir, bist Du, am Pfingstsamstag zu mir gekommen. Nicht nur um mich zu besuchen, sondern weil Du meine jüngste Tochter kennenlernen wolltest. Schließlich macht sie mit und bei Dir den Führerschein.

Du warst sehr müde an diesem Tag. Entgegen aller Vernunft bist Du nach einem Arbeitstag die Nacht durchgefahren und hast Dir nur eine kurze Schlafpause gegönnt. Trotzdem hast Du den Nachmittag mit 2 meiner Töchter samt Familien über Dich ergehen lassen.

Am Abend waren wir noch beim Griechen essen, Du bist schon beim Essen fast eingeschlafen. Ich bin mit Dir noch in Dein Hotelzimmer mitgegangen…ich hatte mir vorgenommen Dich zu verführen. In Angesicht Deiner Müdigkeit habe ich davon abgesehen, und statt dessen wollte ich Dich nur fühlen und bei Dir bleiben, bis Du eingeschlafen bist.

Zuerst hast Du davon nichts wissen wollen, Du wolltest mich sogar noch nach Hause fahren! Das konnte ich dann doch verhindern. Als Du fast eingeschlafen warst, bin ich gegangen und habe mir draußen ein Taxi gerufen.

Am nächsten Tag haben wir uns geschrieben und ich glaube, auch kurz telefoniert. Du warst bei Deiner Familie, die hier in Norddeutschland lebt.

Am Montagvormittag hast Du meine Tochter bei mir abgeholt und mit in den Schwarzwald genommen.

Ihr hatte ich am Abend vorher erzählt, dass ich bei Dir gewesen war und versucht ihr unsere Verbindung, die wir selbst nicht ganzverstehen, zu erklären.

Der Abschied von Dir, an diesem Tag, war blöd. Ich hatte keine Gelegenheit mich wirklich von Dir zu verabschieden. Nur ganz kurz…

Das rächte sich dann am Mittag, als ich alleine war. Da kamen mir die Tränen, und das Loch, vor dem ich so viel Angst hatte, war da. Um mich zu schützen, habe ich versucht meine Mauern wiederaufzubauen. Es war Dir gegenüber nicht ganz fair, aber ich hätte das sonst nicht ausgehalten.

Solche Tage, wo das Loch vor uns erschien, gab es in der Zeit danach für uns beide.

Mir war inzwischen klar, dass ich zu Dir runterziehen wollte. Der Zeitpunkt war nicht ganz fest. Es gab noch einiges zu regeln, und mein Mann wusste noch immer von nichts. Ich musste auch noch meinen Arbeitsvertrag erfüllen, der bis Ende Oktober lief.

Wir waren zum Glück ständig in Verbindung, und ohne den allabendlichen Anruf konnten wir nicht schlafen. Und wir planten schon alles Mögliche für unsere gemeinsame Zeit.

Wann wir uns wiedersehen würden wusste ich nicht, freute mich aber schon auf das Leben mit Dir. Auch wenn mich manchmal die Angst davor und meine Unsicherheit packten. Ich wusste, ich konnte mit Dir darüber reden.

Die ersten Probleme

Im Juni war ich endlich wieder bei Dir. Und diesmal blieb ich eine Woche. Während der ganzen langen Bahnfahrt, natürlich wieder mit Verspätung, freute ich mich riesig. Und endlich am Bahnhof hatte ich Dich wieder. Auch, wenn ich noch am Bahnhof eine Zeitlang auf Dich warten musste. Wie auch nachher bei Dir, da Du noch arbeiten musstest.

Aber das kannte ich ja schon. Dafür hatten wir die Abende und Nächte. Es ging, das möchte ich betonen, nicht um Sex. Es war einfach dieses Gefühl anzukommen, zuhause zu sein, sich sicher fühlen...und noch viel mehr. Im Prinzip hätte ich vielleicht auch gerne mit Dir geschlafen, aber aus vielen verschiedenen Gründen haben wir es nicht getan. Zärtlichkeiten waren viel wichtiger.

Allerdings muss ich gestehen, dass mir in diesen Tagen, wo Du gearbeitet hast, schon zwischendurch langweilig wurde. Spazieren gehen war nicht so optimal. Es war sehr heiß und ich kannte mich noch nicht aus. Und in dieser Situation kam ich auch mit meinem Entschluss, zu Dir zu ziehen, ins schwimmen.

Ich bekam gelegentlich das Gefühl, dass es Dir schwer fällt Platz in Deinem Leben und in deiner Wohnung für mich zu machen. Hinzu kam, dass ich große Probleme mit Deinem „Arbeitsgesicht" habe. Ja, und wahrscheinlich Du mit meinem „Alltagsgesicht".

Wir haben zwar immer gesagt, dass wir keine rosarote Brille tragen, aber dennoch …wir kannten bisher ja nur gegenseitig unser „Sonntagsgesicht". Jetzt mussten wir uns mit dem Alltag auseinandersetzen. Dabei war das ja noch nicht mal Alltag, noch war ich nur auf Besuch.

Die ersten Tage verliefen gut. Ich hatte Dir Deine alten Briefe mitgebracht, damit Du sehen konntest, was du mir damals geschrieben hattest. Gott, war das lange her! Aber ich hatte sie mir aufgehoben.

Ich hatte gehofft an diesen Tagen, endlich mit Dir zu meinem Geburtsort fahren zu können. Der liegt in der Nähe. doch daraus wurde nichts. Dafür sind wir zu Ikea, weil Du noch einige Regale brauchtest, um Platz in Deinem Büro zu schaffen. Für mich?

Am Mittwoch warst Du lange arbeiten. Ich bin schon ins Bett gegangen, hatte aber den damals fertigen Teil von unserer Geschichte mit den Prolog, in der Küche hingelegt.

Damals hieß es nur „forever yours" und es stand nichts von einer Enttäuschung drin.

Du hattest es wohl in der Nacht noch durchgelesen, da Du erst sehr spät ins Bett gekommen bist, und am nächsten Morgen fand ich in der Küche einen geschriebenen Gruß von Dir. Das hat mich dann erstmal in meinem Entschluss, zu Dir zu ziehen, bestätigt.

Trotz Deiner Arbeit waren es schöne Tage, Du hast dir zwischendurch immer Zeit für mich genommen und mich mitgenommen. So lernte ich nicht nur mehr von Deinem Wohnort kennen, sondern auch einige Deiner Arbeitskollegen und Deinen Chef.

Am Samstagnachmittag sind wir dann nach Ulm gefahren. Wir wollten uns dort mit meiner Freundin, die in München wohnt, treffen. Es war ein schöner Nachmittag und ein schöner Abend. Wir haben so viel gelacht!

Am Sonntagmittag waren wir bei Deinem Freund auf dem Campingplatz, zum Essen eingeladen. Dort war eine Parzelle samt Campingwagen zu verkaufen. Den wolltest Du Dir ansehen und evtl. kaufen, damit ich einen Platz zum Schreiben habe und meine Kinder zum Übernachten. Du wolltest das aber mit mir gemeinsam entscheiden.

Auch dieser Tag war zunächst schön. Zu Hause wurde es langweilig.

Wir hätten den Nachmittag noch so viel machen können…   stattdessen wolltest Du unbedingt bügeln…. ich hätte es ja an den Tagen vorher alles machen können, durfte ich aber nicht. Ich bin dann wohl auf der Couch kurz eingeschlafen, und später Du dann auch.

Ich bin am Montagmorgen, wie immer, gegen fünf aufgewacht. Du warst schon auf. Obwohl Du wusstest, dass ich es nicht mag, wenn Du Dich aus dem Bett stiehlst. Seit dem ging mir das Lied „ I help you hate me" von Sunrise Avenue, nicht mehr aus dem Kopf.

Damit war die Stimmung komplett gekippt. Ich war sehr unsicher und meine Angst, dass Du kein Platz für mich hast, wurde nur noch grösser.

Ich wollte so gerne mit Dir reden! Ich wusste nur nicht wie. Die folgende Nacht, die letzte mit Dir für eine lange Zeit, habe ich mehr weinend als schlafend verbracht. Und am nächsten Morgen wachte ich mit Herzstichen auf. Und du hattest Dein Arbeitsgesicht auf! Wir konnten also nicht reden. Auch nicht auf dem Weg zum Bahnhof, da einer Deiner Schüler am Steuer saß. So bin ich dann mit diesem Lied im Kopf und Angst im Herzen nach Hause gefahren.

Zwei Tage später habe ich versucht Dir am Telefon das alles zu erklären. Du hast leider alles in den falschen Hals bekommen. Und hast den Kontakt für einen Tag abgebrochen. Ich habe den Tag und die Nächte nur geweint, und kam mit deiner Reaktion überhaupt nicht zurecht.

Folgenden Brief habe ich Dir dann geschrieben. Ich weiß bis heute nicht ob Du ihn gelesen hast.

Schatz,

Das ist im Moment alles zu viel für mich! Da ändert Dein „das läuft irgendwie weiter" nichts.

Vielleicht habe ich unserer besonderer Verbindung zu viel zugetraut, als ich Dir über meine Verunsicherung erzählte und zeigte. Aber so bin ich nun mal! Das wird nicht das letzte Mal gewesen sein, dass ich Dir etwas erzähle was Dir gar nicht in den Kram passt. Aber ich tue es doch nicht um Dich zu verletzen oder, wie Du es ausdrückst um Dir einen A...tritt zu verpassen. Ich möchte Dir lediglich damit erklären, warum ich mich anders verhalte als vorher. Es betrifft nicht meine Gefühle für Dich!!

Wir wussten, dass wir gegenseitig nur unser „Sonntagsgesicht" kennen, und nun kommt dann wohl das „Alltagsgesicht" zum Tragen. Damit müssen wir beide lernen umzugehen.

Dass ich mit Deinem Arbeitsgesicht Probleme habe, weißt Du. Und durch das oft alleine sein mit mir selbst in der fremden Umgebung ist es nicht besser geworden. Ich hatte in der letzten Woche einige Male das Gefühl Dein Leben durcheinander zu bringen, kein Platz in Deinem Leben zu haben. Die Folgen haben wir jetzt.

Ich zweifle nicht an Deinen Gefühlen für mich!! Die sind genauso echt wie meine, und dennoch…. ich weiß nicht wie ich es Dir erklären soll! Wenn ich jetzt sage, ich spiele nicht gerne die zweite Geige, ist es auch nicht richtig, aber die Richtung stimmt.

Als Du hier warst, habe ich Dir, trotz meiner Angst mich wieder zu verlieren, meine komplette Zeit, soweit es möglich war, für Dich genommen, und war dann auch ganz für Dich da. Weil es mir wichtig war, und Dir auch zeigen wollte, dass Du mir wichtig bist.

Ich weiß, dass ich Dir wichtig bin, nur wenn Du mir nicht zeigst, dass ich, meine Wünsche und Gedanken Dir auch wichtig sind, werde ich unsicher. Und wenn ich von hier wegziehen soll, muss ich mir sicher sein nicht im schwarzen, tiefen Loch zu landen und zur „Unwichtig" zu werden. Das würde ich nicht überleben!

Ich habe mir die ganze Nacht Gedanken drüber gemacht, und versucht der Tränenflut Herr zu werden…mit wenig Erfolg…aber das spielt jetzt keine Rolle. Einige Male war ich kurz davor Dir zu schreiben, habe das denn gelassen, weil ich Deinen Schlaf, von dem ich annahm er wäre nicht sehr gut, nicht stören wollte.

Aber ich muss das alles loswerden. Vielleicht bekommst Du dieses hier mal zu lesen, vielleicht auch nicht, aber ich habe mir den Druck von der Seele, wenn auch Tränenblind, geschrieben.

Schatz, jedes Wort das ich Dir irgendwann geschrieben oder gesagt ist wahr, und ist bis heute und in der Zukunft gültig, auch wenn ich mal unsicher und ängstlich werde.

Lass mich nicht wieder in das schwarze Loch fallen, ich brauche Dich und Deine Liebe zum Leben!

Deine

Ob Du diesen Brief nun gelesen hast oder nicht, es hat sich zwischen uns, nach einigen langen Telefonaten, alles wieder normalisiert. So dass ich endlich die ersten Schritte für meinen Umzug getan habe.

Ich habe bei meinem Arbeitgeber zum Ende September gekündigt. Und zu Hause einige Sachen, die nicht gebraucht werden, schon angefangen einzupacken.

Nur meinem Mann habe ich noch nichts davon gesagt. Kann ich im Moment nicht. Da meine Tochter bei Dir ist, ist meine Enkelin für die Zeit bei uns einquartiert. Da möchte ich jetzt kein Unfrieden stiften.

Nur zwei Wochen später war alles wieder offen. Du fingst mit Bedenken, ob ich mir das alles gut überlegt hätte, an. Also eigentlich genau das, worüber ich mir Gedanken gemacht hatte.

Nicht ob meine Entscheidung für mich ok war, sondern ob Du bereit bist für mich Platz in Deinem Leben zu machen. Du hast das zwar so eingepackt, dass ich dann ja nicht mehr so einen Kontakt zu meinen Kindern hätte, und nicht immer zu ihnen fahren könnte, und ich bestimmt meine Enkelkinder vermissen würde.

Das war mir schon bei meiner Entscheidung klar, aber ich denke, dass meine Kinder auch mal endlich erwachsen werden können.

Wir haben uns in dieser Zeit zwar immer noch täglich geschrieben und telefoniert, aber irgendwie wurde der Ton anders. Du erzähltest irgendwann, dass Du am besten mal eine Woche ganz alleine Urlaub machen müsstest. Die Idee war ja gut, nur leider tust Du das nicht. Gebraucht hättest Du das.

Je unsicherer Du wurdest, desto schwieriger wurde es für mich. Ich hatte ja meinen Job gekündigt aber hier noch nichts gesagt. Meine Kinder und Freunde wussten von meinen Plänen, nur mein Mann und seine Familie nicht.

Ich spürte Deine Unsicherheit und wartete eigentlich nur noch auf den Knall. Das machte es für mich schwer mich Dir gegenüber normal zu verhalten, normal mit dir zu reden. Dabei tat mir das Herz schon weh, und die Tränen traten in die Augen.

Dann endlich hast Du das ausgesprochen was Dich beschäftigt hat.

Du hattest Angst, dass wir unsere Verbindung verlieren, wenn ich zu Dir ziehe und wir zusammenleben. Ich kann aber nicht alles wieder auf Freundschaft runterfahren! Du hast mir versprochen, dass wir das alles noch „Auge im Auge" zusammen besprechen.

Die Enttäuschung

Dieses Versprechen hast Du nicht gehalten! Im Gegenteil, nur einige Tage später hast Du, per WhatsApp, alles beendet.

Nein, du wolltest alles auf eine lose Freundschaft runterfahren. Von einem Tag auf den anderen!

Der Ton in Deinen Schreiben wurde härter. Es kam nichts Liebes mehr. Kein Bildchen und Herzchen...und auch die Nachrichten nur ganz und sporadisch.

Für mich ist dabei eine Welt zusammengebrochen. Es gab außer Tränen und der Frage „Warum" nichts anderes für mich.

Ich kann und will nicht alles, was Du von Dir gegeben hast, hier wiedergeben.

Aber Aussagen wie, „Du könntest keine Beziehung, so wie ich es mir erwünscht hätte, führen" sind schon mal nicht richtig. Denn nicht Ich habe damit angefangen. Ganz im Gegenteil, wie sehr habe ich mich zur Anfang gewehrt! Ich wusste schon warum.

Dennoch habe ich mich liebend gerne darauf eingelassen. Wurde doch endlich ein lang gehegter Traum wahr.

Der Spruch, dass Du unsere besondere Verbindung nicht durch eine Beziehung verlieren willst, war genauso bescheuert! Du glaubst wohl nicht im Ernst, dass ich imstande bin diese weiter aufrecht zu erhalten. Wie soll das denn gehen?

Du kennst mich besser als jeder anderer Mensch und weißt auch, dass Du der einzige Mensch bist, der mich wirklich bis ins Mark verletzen kann.

Ich habe Dir immer blind vertraut und war mir sicher, dass Du mich nicht fallen lässt, dass Du endlich zu Deinen Gefühlen stehst und kein kleiner Feigling bist, wie vor 38 Jahren. Da habe ich mich aber sehr geirrt.

Um überhaupt irgendwie klar zu kommen habe ich Dir Briefe geschrieben. Es ging dabei nicht darum sie Dir zu schicken, sondern um mit damit irgendwie fertig zu werden.

Ich habe in diesen Briefen versucht all das was passiert war zu hinterfragen; hätte ich etwas anders machen müssen, anders reagieren müssen? Hätte ich dies oder jenes nicht sagen oder zeigen dürfen? Hätte ich vielleicht mehr auf die Zwischentöne, auch bei Dir achten müssen. Was soll ich über alles was wir gesagt oder getan haben denken? War das alles richtig? Und hätte ich Dir eher und anders von meiner Unsicherheit und Angst reden müssen?

Wie Du siehst gab es, und gibt es immer noch Fragen über Fragen. Und ja, ich weiß, dass auch ich mit meinem Verhalten dazu beigetragen habe…. aber es gehören immer zwei dazu…und wir waren uns so sicher, dass unsere Liebe das jetzt aushält….

Und trotzdem wusste ich, dass das alles nicht stimmt. Du würdest mich nie so verletzen, nicht nach all den Jahren. Mein Gefühl – diese Verbindung zwischen uns- sagte mir, dass da was anderes hinter steckt, dass Du mich dringender als je zuvor brauchst, mich aber von Dir fernhalten willst. Nur das Warum wusste ich nicht.

Ich habe Dir viele dieser Briefe per Mail zugeschickt, ich weiß nur nicht ob es Dir je wichtig genug war, sie zu lesen.

Das Ende

Im September war ich nochmal bei Dir. Ich bin mit Tränen in den Augen und Angst im Herzen zu Dir gefahren. Ich hoffte etwas klären zu können, unseren Umgang miteinander bessern, und ja, all das mit Dir zu machen was Du mir versprochen hast. Zu meinem Geburtsort und zum Bodensee mit Dir fahren. Mit Dir reden und Lösungen suchen, Deine Hand halten…

Ein ganzes Wochenende lang.

Leider ist aus alldem nichts geworden.

Du hast mich zwar vom Bahnhof abgeholt und sogar umarmt. Ich kam mir aber wie eine Fremde vor. Gesprochen haben wir nur über unwichtige, alltägliche Dinge.

Und abends im Bett…wo war das alles was uns verband? Als Du geschlafen hast, habe ich mir meinen Körperkontakt und die Hand „geklaut". Ansonsten verbrachte ich diese Nacht leise weinend. Das heißt, ich stand einige Zeit weinend in der Küche, weil ich nicht ganz leise weinen konnte.

Ich hätte am liebsten laut losgeschrien.

Der nächste Tag verlief nicht viel anders. Am Tag war ich alleine, wenn wir auch mehr miteinander geschrieben haben, als an den Tagen vorher. Und am Abend…. bist Du neben mir, mit Riesenabstand, eingeschlafen.

Wieder konnte ich nur heimlich meine Zärtlichkeit loswerden. Im Bett hast Du Dich dann später wieder ganz weit weggedreht. Und seit wann, ziehst du Dir nachts was an?

Diese Nacht war ähnlich wie der vorherige, und während ich Deinem Atmen zuhörte und mich sehr unwohl fühlte, beschloss ich am nächsten Tag nach Hause zu fahren. Zumal laut Deinen Plänen wieder nichts von den versprochenen Fahrten geplant war.

Am Stuttgarter Bahnhof haben wir die Tickets geholt. Keine Angst, Du bekommst schon noch das ausgelegte Geld zurück. Ich will dir nichts schuldig bleiben.

Meine Sachen, die ich im Sommer bei Dir gelassen hatte, hatte ich am morgen schon in meinen Koffer gepackt. Und während Du im Bad warst, habe ich auf einem Zettel versucht Dir meine Gründe für die schnelle Abfahrt zu erklären. Es ging um Deine Kälte mir gegenüber. Und um die Bitte, alles was von mir kam (geschriebenes, Bilder etc.) zu löschen, weil es „Uns" nie gegeben hat.

Ich weiss, dass es blöd war, aber ich wusste und weiss es immer noch nicht wie ich damit umgehen kann. Mir war jedoch bewusst, dass Du das alles nicht tun würdest.

Bis mein Zug fuhr hatten wir noch Zeit. Du bist mit mir dann zur Metro zum Einkaufen und zum Essen gefahren. Ich habe die ganze Fahrt versucht meine Tränen zu unterdrücken. Es war nicht ganz einfach, und ich weiß nicht ob Du was gemerkt hast. In Deinem Verhalten warst Du ganz normal, abgesehen von der Kälte mir gegenüber.

Am Bahnhof bat ich Dich mich nur rauszulassen, und nicht mit zum Bahnsteig zu kommen. Das hätte ich nicht ausgehalten. Deine Umarmung fiel jetzt etwas fester und länger aus, auch in Deinen Augen sah ich den Schmerz, nur Dein Mund blieb still.

Ich habe auch nur ein paar Schritte in den Bahnhof rein geschafft und fiel dann weinend in mich zusammen. Am Bahnhof konnte ich Dir dann noch eine Nachricht schreiben, wegen dem Zettel. Und gleichzeitig auch Dir sagen, dass es meine letzte Nachricht sei, und ich Dir aber wünsche, dass Du das findest was Du suchst.

Die ganze Bahnfahrt weinte ich. Und zu Hause auch. Bis heute.

Heute ist der Tag 58 seitdem Du alles beendet hast. Es hat sich nichts geändert. Ich weine immer noch jeden Tag. Mal mehr mal weniger. Ich denke jeden Tag an Dich. Spüre nachts oft Deine Hand.

Neulich habe ich Dir doch wieder geschrieben. Dass ich Dich zwar auf social Medien löschen kann, aber nicht in meinem Herzen und Kopf.

Gestern hatte ich das Gefühl, dass irgendwas nicht stimmt. Dieses unbestimmte Gefühl, das wir manchmal haben, wenn es dem anderen nicht gut geht. Auf meine Frage hast Du zwar per Sprachnachricht das Gegenteil behauptet, aber Deine Stimme hat mir was anderes gesagt.

Ich bin noch lange nicht drüber hin weg. Das Loch ist diesmal extrem tief. Ich kämpfe jeden Tag, um ein bisschen Normalität und mit dem Wunsch Dich anzurufen, Dir zu schreiben. Ich wache noch jeden Morgen gegen 5 auf, und schaue aufs Handy, ob ein guten Morgen Schatz, da ist. Und weiß doch, dass es vergebens ist.

Wir haben beide nicht gedacht, dass unsere Geschichte so zu Ende geht. Und ich weigere mich zu glauben, dass dies das Ende ist. Denn, Liebe kann man nicht einfach ausschalten.

Du meldest Dich gar nicht mehr. Zu meinem Geburtstag kamen noch ein paar Zeilen.

Einen Tag nach meinem Geburtstag habe ich Dir eine Mail geschickt.

Betreff: Bitte diesmal lesen, auch wenn du nichts mehr von mir hören willst. Ich muss auch mal eine Meinung sagen können. Oder?

Es ist weit nach Mitternacht, bald halb drei und ich bin immer noch am überlegen, ob ich Dir schreibe oder nicht. Aber es muss sein.

Vor fast 2 Monaten (54 Tage) hast Du mich vom 7. Himmel ins tiefe „schwarze Loch" voller Tränen geschubst. Von einem Tag auf den anderen.

Bis heute sitze ich drin, und frage mich Warum?

Alles was danach von mir aus passiert ist, ist Folge von dessen.

Meinst du nicht, dass ich langsam das Recht auf die Wahrheit habe?

So mir nichts Dir nichts kann das, was wir hatten, was uns verband, was wir planten, schon sehr weit planten, nicht ohne Grund vorbei sein. Ich hatte schon die ersten Schritte eingeleitet (Job gekündigt, ärztliche Termine nicht mehr gemacht)

Komm mir jetzt nicht mit „ich will das was uns verband nicht verlieren" oder dass Du nicht beziehungsfähig bist. Das ist alles Mumpitz! Zumal Dir klar hätte sein müssen, dass „Freunde bleiben" nicht mehr funktioniert. Dafür habe zumindest ich, zu viele Gefühle investiert.

Wie auch, dass ich mich irgendwie anders verhalten hätte. Das habe ich schon mehrfach erklärt. Wenn Du gelesen und zugehört hättest.

Nein, es muss einen Grund haben, dass Du alles hinschmeißt, ohne mir die Möglichkeit zu geben für mich selbst zu entscheiden oder ohne, dass wir gemeinsam versucht hätten eine Lösung zu finden. Es gab eine Zeit da wolltest nichts ohne mich entscheiden.

Keine Angst, ich will Dir keine Szene machen. Es könnte aber vielleicht leichter für mich werden mit dieser Enttäuschung (die größte in meinem Leben) umzugehen und Dich zu vergessen, wenn ich wüsste Warum. Weil leichtsinnig hatte ich mich nicht wieder auf Dich eingelassen. Und das müsstest Du noch wissen.

Ich kann und will nicht glauben, dass Du das, was war, einfach so angefangen und dann einfach so wieder aufgegeben hast, dabei wissend was das mit mir macht! Kein Mensch kann 4x in tiefen Loch fallen und ohne Schäden oder mit Leichtigkeit (wenn überhaupt) wieder heraus-

kommen.

Ich habe meine Lektion gelernt! Nie wieder jemanden blind zu vertrauen, oder überhaupt zu vertrauen.

Nur mit dem Wissen Warum, hören die Fragen in meinem Kopf auf, und dann kann ich vielleicht endlich diese besondere Verbindung zwischen uns kappen, und vielleicht irgendwann aus dem Loch herausfinden.

Diese Verbindung war von Fairness, Vertrauen, Ehrlichkeit und Liebe geprägt, alles Dinger, die Du jetzt mit Füssen getreten hast.

Ich weiß nicht ob ich unter diesen Umständen das aufrecht erhalten möchte.

Eher nicht, denn es verletzt mich jeden Tag aufs Neue.

Bevor Du jetzt mit meinem letzten Besuch anfängst...,wenn Du meinen Zettel gefunden hast, weißt Du warum. Wenn nicht, ich konnte Deine Kälte mir gegenüber nicht mehr ertragen. Ich habe keine von den beiden Nächten wirklich geschlafen, sondern geweint. Teils leise im Bett, teils laut in der Küche, in der hintersten Ecke damit Du das nicht mitkriegst. Teils habe ich versucht, während du schliefst einen Körperkontakt herzustellen (Hand halten), was jedoch von Dir, sogar im Schlaf, vereitelt wurde.

Am Samstag war ich am Ende mit meinen Kräften. Ich wollte während meines Besuches ja mit Dir reden, aber ich hatte Dich nicht so abweisend erwartet.

Während der ganzen Zeit, wo wir unterwegs waren, habe ich nur mit Mühe und Not meine Tränen zurückhalten können (zumindest die meisten). Das war auch der Grund, warum ich Dich nicht mit zum Bahngleis haben wollte.

Warum ich auch nur wenig die ganze Zeit habe essen können. Ich merkte schon, dass das ganze Dir auch nicht ganz leichtfiel, aber es war für mich zu viel. Als ich gerade im Bahnhofsgebäude drin war, war es mit meiner Beherrschung auch vorbei. Meine Tränen liefen danach bis nach Hause und zu Hause noch jede Nacht.

Mein Versuch den Kontakt

abzubrechen schlug dann auch fehl. Ich kann nicht ohne Dich!

Nach langem Überlegen habe ich Dir zu Deinem Geburtstag geschrieben. Eigentlich wollte ich Dir danach auch nie mehr schreiben, doch da Du mir mit dem Kosenamen, den nur einige wenige Menschen und Du benutzen dürfen, bedankt hast, sah ich mich gezwungen dir mitzuteilen, dass ich das für Dich nicht mehr bin und für Dich gar nichts mehr bin. Glaube mir, es hat mir mehr wehgetan das zuschreiben als Dir es zu lesen. Denn es war gelogen! Ich wäre für Dich gerne alles, sowie Du für mich noch das wichtigste bist, auch wenn Du das nicht willst.

Und einige Tage später habe ich Dir nochmal geschrieben.

Ich wollte Dich wissen lassen, dass Du irgendwann, wenn ich Dir nicht mehr ganz unwichtig bin, melden kannst. Und wir dann vielleicht von Angesicht zu Angesicht über alles reden können. Nicht jetzt, noch bin ich zu verletzt und zu enttäuscht. Aber ich möchte die Tür zwischen uns nicht ganz zuschlagen, dafür ist mir das was zwischen uns ist, nach so vielen Jahren zu schade, um es so zu beenden.

Hast Du eine Ahnung, wieviel Kraft mich dieses Angebot gekostet hat?

Und dann hat es ewig gedauert, bis Du ihn gelesen hast. Natürlich ohne zu antworten, aber darauf habe ich gar nicht gewartet.

Trotzdem, es ist heute der Tag 72 im schwarzen Loch, eigentlich wollte ich die Tage nicht mehr zählen, aber ich weine immer noch jeden Tag und oft auch nachts. Manchmal habe ich das Gefühl Du hälst mich fest, aber inzwischen glaube ich fast, dass das ein Wunschdenken ist.

73 Tage später, (Tag 145, 3 Tage vor Weihnachten) und immer noch sitze ich in diesem tiefen, schwarzen Loch. Meine Tränen sind nicht weniger geworden und die Frage nach dem Warum beschäftigt mich immer noch.

Meine Sehnsucht nach Dir ist ebenfalls ungebrochen, aber ich muss lernen damit zu leben. Oft ertappe ich mich dabei zu denken" eigentlich wollte ich jetzt gar nicht mehr hier sein". Dann fühlt es sich alle falsch an, und ich merke wie tief dieses schwarze Loch diesmal tatsächlich ist. Wie lange es dauert, weiß ich nicht, …

Ich schwanke täglich zwischen mich bei Dir zu melden und nicht zu melden. Mal gewinnt das Ja, meistens das Nein, aus Angst von Dir als blöde Stalkerin bezeichnet zu werden. Und dennoch weiss ich eins, Ich liebe Dich immer noch.

Darum komme ich nicht drum herum, Dir ab und zu irgendeine Botschaft zu schicken, wie jetzt die Weihnachtskarte. Ich weiss, dass ich Verzeihen wollte, sollte man ja zu Weihnachten, aber ich kann immer noch nicht!

Dennoch ist jedes Wort, das ich geschrieben habe, wahr und hat nichts von seiner Gültigkeit verloren. Und auch wenn ich es gerne möchte, ich hasse Dich nicht, kann es gar nicht.

Dieses Jahr hat so gut angefangen und hat mir Glück und Liebe versprochen. Jetzt, am Ende des Jahres, am letzten Tag, stehe ich vor dem Scherben. Ich weiss mit mir immer noch nicht umzugehen. Fühle mich nach wie vor am falschen Ort, weine mich jede Nacht in den Schlaf. ...und denke zu viel an Dich!

Prolog:

Ich habe dieses „Forever Yours" genannt, weil wir immer miteinander in Verbindung waren.

Schon beim Aufschreiben unserer ersten gemeinsamen Zeit ist mir aufgefallen, dass diese Verbindung zwischen uns nie ganz abgerissen ist. Wir uns nie aus den Gedanken und Herzen verloren haben. Im wahrsten Sinne für immer miteinander verbunden waren.

Und auch heute, trotz der großen Enttäuschung durch Dich, ist diese Verbindung nicht gebrochen.

Auch wenn mein Vertrauen und vieles mehr einen Knacks bekommen hat, kann ich Dich nicht aus dem Kopf und dem Herzen verbannen.

Ich kann Dich immer noch fühlen, und ich weiss, dass es Dir nicht anders geht. Das gibt mir Hoffnung, dass es uns irgendwann wieder zusammenführt.

Den Zusatz „für immer und ewig ist zu lange, aber die Liebe bleibt" habe ich nach dem jetzigen Ende unserer Beziehung zugefügt. Eben weil ich nicht glauben will, dass diese Beziehung nach 38 Jahren sich kennen und lieben und nach acht Wochen miteinander verbringen, vorbei sein soll.

Zumal mir bewusst geworden ist, dass wir uns schon vor langer Zeit, in einem anderen Leben, einen Schwur „für immer und ewig" geleistet haben. Das ist auch der Grund, warum unsere Verbindung nie ganz abgebrochen ist, und auch jetzt noch da ist, wie in den 33 Jahren unserer Trennung.

Forever Yours also, immer Deine

In Liebe

Nachtrag:

Kurz bevor ich diese Geschichte zum Druck freigegeben habe, habe ich endlich eine Antwort auf das „Warum" erhalten.

Du bist schwer erkrankt, und um mich zu schützen hast Du mir nichts gesagt, sondern alles beendet. Ich kann Dich verstehen, bin ich doch selber Dir sehr ähnlich, aber akzeptieren kann ich das nicht.

Die Belastung durch Deine Erkrankung hätte ich mit Sicherheit besser geschafft als die Trennung.

Es waren165 Tage im „schwarzen Loch" und im Tränenmeer!

Und mit dem Gefühl, dass irgendetwas nicht in Ordnung ist.

165 Tage die wir miteinander hätten verbringen können.

Es werden noch viele Tage kommen, die wir nicht zusammen verbringen können, und irgendwann werden uns diese Tage fehlen.

Ich weiss nicht wie es mit uns weitergeht, in wie weit ich mich noch auf Dich einlassen kann, Dir Vertrauen schenken kann.

Es fällt mir schwer mich zurück zuhalten Dir nicht zu schreiben, Dich nicht anzurufen. Dennoch halte ich mich zurück. Ich bin keine Stalkerin, und bin der Meinung, dass es von dir kommen muss. Du hast mich aus Deinem Leben weggestoßen, obwohl Dir klar war, dass es nicht funktioniert. Wenn Du mich wieder an Deinem Leben Teilhaben lassen willst, wieder Dein Herz öffnen willst, es muss von Dir kommen.

Wenn ich mich melde, dann nur, damit Du Dir keine Sorgen um mich machen musst. Also nur wenn etwas gravierendes mit mir ist. Etwas von dem ich weiss, dass Du es fühlen würdest.

Weil unsere Verbindung noch da ist, beidseitig, war die ganze Zeit. Ich hoffe es hilft Dir auf Deinem schweren Weg. Wenn Du mich brauchst, bin ich da.

Meine Liebe und Gedanken sind immer bei Dir. Und ich hoffe, Du schaffts es Deine Erkrankung zu meistern…wenn nicht, wird es mich hart treffen.

Egal was wird, die Liebe bleibt!

Ich möchte mich zum Schluss noch bei einigen Menschen bedanken.

Bei meiner Freundin in München, die mir einige Male Korrektur gelesen und bei Formulierungen geholfen hat, ohne meine Art zu schreiben, zu ändern. Danke, dass ich Dich immer um Rat fragen kann. Danke für Deine langjährige Freundschaft.

Bei meinen Töchtern, die bereit waren mich gehen zu lassen, um mich glücklich zu sehen, und die sehr verständnisvoll mit mir in der schweren Zeit umgegangen sind. Ich Liebe euch !

Bei meiner Freundin hier im Norden, bei der ich in meiner Muttersprache sowohl über die Guten wie auch über die schlechten Zeiten sprechen konnte, und die mich immer wieder aufgebaut hat. Kiitos, että sain puhua kaikesta kanssasi.

Bei meiner Ehemaligen Arbeitskollegin, die mich in dieser Zeit Glückselig und todtraurig erlebt hat, Danke für Deinen Mitgefühl und tröstende Worte.

Ebenso gilt mein Dank den Kursteilnehmer, die alles miterlebt haben und mir ermöglicht haben, zumindest in den Unterrichtsstunden, die quälenden Fragen auszuschalten.

Und bei jedem anderen der mir mit Verständnis und Mitgefühl entgegengetreten ist, und bei jedem der mir seine Schulter zum Anlehnen angeboten hat, möchte ich mich bedanken.

Jeder von Euch hat mir ein Stück weitergeholfen und Hoffnung gegeben.

Eure

Seija Zeidler

Wenn auch unsere Geschichte

ohne Happy End ist,

bereue ich nicht

diesen Weg gegangen zu sein.